LE SOMBRE ÉPOUVANTAIL
Une légende du Labrador

Texte : Ellen Bryan Obed
Traduction et adaptation : Henriette Major
Illustrations : Jan Mogensen

D'où vient donc cet affreux bonhomme
qui vit au fond du Labrador ?
Nul ne sait comment il se nomme ;
il apparaît quand tout s'endort.

Est-il venu dans la tempête ?
Est-il arrivé par les bois,
sur les ailes d'une mouette
ou dans la brume des grands froids ?

Il s'installa sur un rocher
battu par le vent et les vagues
où les débris que les flots draguent
venaient tristement s'échouer.

Avec ces sinistres épaves
il se construisit un abri
dont la base était une étrave
et les murs, des planches pourries.

C'est une étrange créature
que ce vilain épouvantail.
Des éléments de la nature
forment son bizarre attirail.

Ce monstre, comment le décrire?
Le loup lui a prêté ses yeux,
le requin, ses dents de vampire.
Il a des algues pour cheveux.

De quoi est fait son nez crochu?
D'un bec d'oiseau des marécages.
Des oreilles de coquillages
complètent son visage obtus.

Du phoque, il a les pieds palmés,
de l'ours, il a les lourdes pattes.
Ses habits ont été taillés
dans les voiles d'une frégate.

Quant à son coeur, il n'en a pas.
Son âme, c'est le vent des tempêtes.
Il en garde toujours, en cas,
dans un grand sac en peaux de bêtes.

Un soir où, pleine de lumière,
la lune semblait le narguer,
l'épouvantail, avec colère,
l'arracha des cieux étoilés.

D'un grand coup, il brisa la lune
en mille morceaux rutilants.

Il les jeta dans la lagune
au plus profond de l'océan.

Dès lors, la nuit était si sombre,
si froide et si terrible aussi
que toutes les bêtes dans l'ombre
pleuraient avec le vent maudit.

Sans la lumière qui rassure,
et les renards, et les hiboux
cherchaient en vain leur nourriture ;
les lapins tremblaient dans leur trou.

En discutant leur infortune
au village, certains pêcheurs
savaient bien où pêcher la lune ;
mais eux aussi, ils avaient peur.

Voilà pourquoi l'épouvantail
pouvait ronfler tout à son aise
parmi son affreux attirail
dans son antre sur la falaise.

*C'est alors qu'un curieux bateau
installé sur une baleine*

a surgi au milieu des flots
se jouant des vagues sans peine.

Ce navire était piloté
par un valeureux capitaine.
Il ne craignait pas d'affronter
les éléments qui se déchaînent.

Dès lors qu'il aperçut au loin
la cabane sur la falaise,
le capitaine, en bon marin,
manoeuvra sur la mer mauvaise.

Les habitants du Labrador
n'avaient osé braver le monstre
mais l'étranger vira de bord,
fonça tout droit à sa rencontre.

Ce fut un matelot joufflu
qui plongea du haut de la hune
riant comme un hurluberlu
pour pêcher les morceaux de lune.

Le capitaine avait choisi
pour aborder sur le rivage
un ours, un phoque, une souris,
un castor, des oiseaux sauvages.

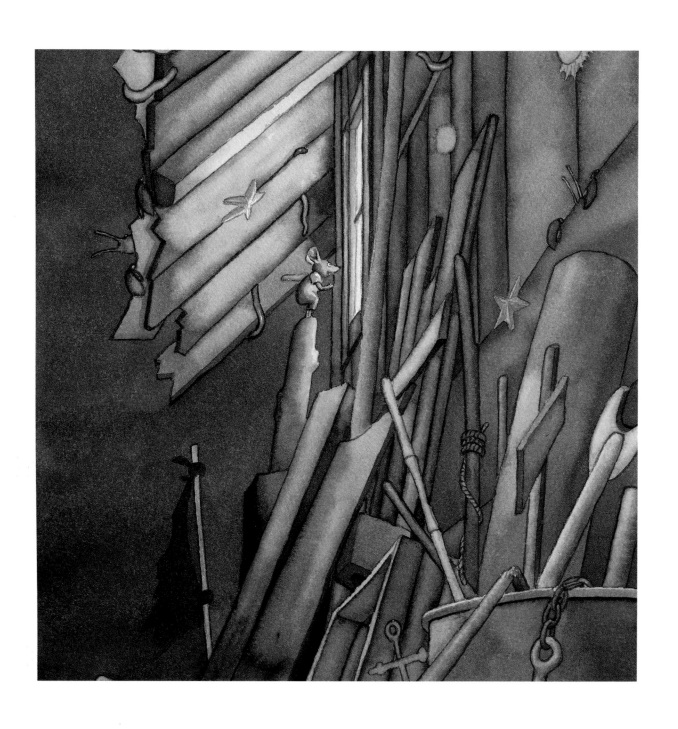

C'est la minuscule souris
qui est arrivée la première
dans l'antre du monstre endormi.
Quelle redoutable adversaire !

En trottinant, en furetant,
elle trouva le sac infâme
où le monstre gardait le vent,
le sac où il gardait son âme.

Elle s'enfuit en l'emportant.

L'épouvantail eut beau courir
la souris prenait de l'avance
et le menait sans défaillir
sur le grand navire en partance.

Là, n'écoutant que son courage,
la souris libéra le vent
qui s'envola vers les nuages
ramassant la lune en passant.

Le monstre fut éparpillé,
emporté par le vent d'orage

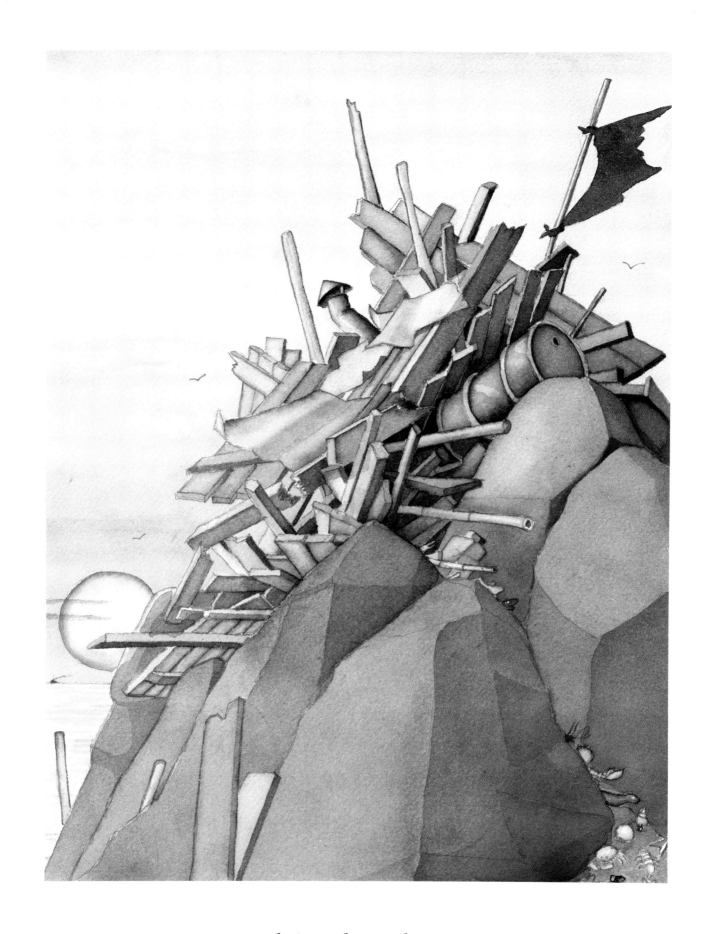

*et son abri sur les rochers
s'écroula dans un grand tapage.*

*Depuis lors, sur l'astre des nuits
on aperçoit de fines traces
là où se sont joints les débris.*

*Et sur l'eau, quand la lune luit
on voit le chemin qu'elle fit
quand elle regagna sa place.*